DATE DUE

DEC 31 2007	JUN 2007
JAN 23 2009	JUN 12 2011
AUG 14 2000	AUG 10 2012
DEC 23 2008	
APR 13 2013	

Eric & Julieta

¿Ahora qué?
Now What?

SCHOLASTIC INC.

New York Toronto London Auckland Sydney
Mexico City New Delhi Hong Kong Buenos Aires

Text copyright © 2005 by Isabel Muñoz

Illustrations copyright © 2005 by Gustavo Mazali

All rights reserved. Published by Scholastic Inc.

SCHOLASTIC and associated logos are trademarks and/or registered trademarks of Scholastic Inc.

No part of this publication may be reproduced, or stored in a retrieval system, or transmitted in any form or by any means, electronic, mechanical, photocopying, recording, or otherwise, without written permission of the publisher. For information regarding permission, write to Scholastic Inc., Attention: Permissions Department, 557 Broadway, New York, NY 10012.

ISBN 0-439-78372-0

12 11 10 9 8 7 6 5 4 3   6 7 8 9 10/0

Printed in the U.S.A.   23

First bilingual printing, December 2005

Book design by Florencia Bonacorsi

Mamá siempre me pide que cuide a Julieta porque soy el más grande.

I'm older than my sister Julieta. Mom always asks me to watch her.

Esta tarde, vino una amiga de visita.
Mamá me pidió que jugara con Julieta.

My mom's friend came over this afternoon.
Mom asked me to play with Julieta.

Yo quería jugar con los autos y armé una rampa magnífica con varias cosas.

We played with my cars.
I made a cool ramp.

Julieta quería el autito rojo. Como insistía, se lo di para que me dejara jugar en paz.

Julieta wanted the little red car. I gave it to her. Now she won't bother me.

—¡Ah, no! Con mi rampa no te metas. —Le di un empujoncito y, por las dudas, me aseguré—. ¡Mami, Julieta está tocando mis juguetes!

"Oh, no! Don't touch my ramp," I said. I pushed her so she would leave me alone. "Mommy, Julieta is touching my toys!"

Julieta se puso a llorar. ¿Ahora qué?
No soporto que llore, porque mi mamá viene a ver qué pasa...

Julieta cried. Now what? I don't like it when she cries.
My mom always comes to see what's wrong.

¡Buééééééaaá!

Waaaaaaaah!

La mandé a lavarse la cara.
Le prometí que la dejaría lanzar el autito rojo por la rampa.

I told Julieta to wash her face.
I promised she could push the little red car down the ramp.

Julieta fue al baño corriendo.
Escuché ¡pam! Se había dado un
golpe. Yo, por las dudas, avisé:
—¡Mami, Julieta se cayó!

Julieta ran to the bathroom.
I heard a bang.
She had fallen.
"Mommy, Julieta fell down!" I called.

¡Pim! ¡Pam! ¡Pum!
Bing! Bang! Boom!

¿Qué estará haciendo Julieta? Estaba jugando con la pasta de dientes y el jabón.
Le pedí que se bajara del banquito.

What was she up to? She was playing with toothpaste and soap.
I told her to get off the stool.

—¡¡¡Mami, Julieta se subió al banquito del baño!!!

Mamá no contestó. Sabía que no le pasaría nada malo si yo la cuidaba.

"Mommy, Julieta is on the stool!!!"

My mom didn't answer.

She knew that Julieta was okay if I was watching her.

Le dije a Julieta que volviera a mi cuarto. La pasta de dientes me dio una idea. Es genial para marcar la pista.

I asked Julieta to come back to my room. The toothpaste gave me an idea. It's great for making lanes for my cars.

Julieta señaló el autito rojo.
Se lo di porque las promesas hay que cumplirlas.

Julieta pointed to the little red car.
I gave it to her. A promise is a promise.

Pusimos los autitos en la rampa.
Contamos uno, dos, tres... ¡y le gané!

We put the cars on the ramp.
We counted one, two, three ... and I won!

Volvimos a poner los autitos en la rampa.
Ella impulsó el suyo muy fuerte...

We put the cars on the ramp again.
She pushed hers really hard . . .

Le dije que el juego había terminado.
Julieta se puso a llorar.
—¡Mami, Julieta está llorando otra vez!

I told her the game was over.
Julieta started to cry.
"Mommy, Julieta is crying again!"

Escuché que mamá se despedía de su amiga.

I heard Mommy say good-bye to her friend.

No sé qué fue primero, si el ruido de la puerta, la cara de mi mamá o su grito.

It all happened at once. The noise from the door, my mom's face, and her voice.

Miré a Julieta y me dio un ataque de risa, pero mi mamá no opinaba igual.

I looked at Julieta. I laughed.
My mom didn't think it was funny.

Qué injustas son las madres... ¡Si yo le había avisado todo lo que había hecho Julieta!

Moms are so unfair. Didn't I tell her everything?